原野的呼聲

徐訏文集

新詩卷

導言　徬徨覺醒：徐訏的文學道路

陳智德

「個人的苦悶不安，徬徨無依之感，正如在大海狂濤中的小舟。」[1]

——徐訏〈新個性主義文藝與大眾文藝〉

在二十世紀四、五十年代之交，度過戰亂，再處身國共內戰意識形態對立夾縫之間的作家，應自覺到一個時代的轉折在等候著，尤其在當時主流的左翼文壇以外，被視為「自由主義作家」或「小資產階級作家」的一群，包括沈從文、蕭乾、梁實秋、張愛玲、徐訏等等，一整代人在政治旋渦以至個人處境的去與留之間徘徊，最終作出各種自願或不由自主的抉擇。

1 徐訏〈新個性主義文藝與大眾文藝〉，收錄於《現代中國文學過眼錄》，台北：時報文化，一九九一。

一

一九四六年八月，徐訏結束接近兩年間《掃蕩報》駐美特派員的工作，從美國返回中國，直至一九五〇年中離開上海奔赴香港，在這接近四年的歲月中，他雖然沒有寫出像《鬼戀》和《風蕭蕭》這樣轟動一時的作品，卻是他整理和再版個人著作的豐收期，他首先把《風蕭蕭》交給由劉以鬯及其兄長新近創辦起來的懷正文化社出版，據劉以鬯回憶，該書出版後，「相當暢銷，不足一年，（從一九四六年十月一日到一九四七年九月一日），印了三版」[2]，其後再由懷正文化社或夜窗書屋初版或再版了《阿剌伯海的女神》（一九四六年初版）、《烟圈》（一九四六年初版）、《蛇衣集》（一九四八年初版）、《幻覺》（一九四八年初版）、《四十詩綜》（一九四八年初版）、《兄弟》（一九四七年再版）、《母親的肖像》（一九四七年再版）、《生與死》（一九四七年再版）、《春韮集》（一九四七年再版）、《一家》（一九四七年再版）、《海外的鱗爪》（一九四七年再版）、《舊神》（一九四七年再版）、《成人的童話》（一九四七年再版）、《西流集》（一九四七年再版）、潮來的時候（一九四八年再版）、《黃浦江頭的夜月》（一九四八年再版）、《吉布賽的誘惑》（一九四九再版）、《婚事》（一九四九年再版）[3]，粗略統計從一九四六年至一九四九年這三年間，徐訏在上海出版和再版的著作達三十多種，成果

2 劉以鬯〈憶徐訏〉，收錄於《徐訏紀念文集》，香港：香港浸會學院中國語文學會，一九八一。

3 以上各書之初版及再版年份資料是據賈植芳、俞元桂主編《中國現代文學總書目》、北京圖書館編《民國時期總書目，一九一一－一九四九》。

可算豐盛。

《風蕭蕭》早於一九四三年在重慶《掃蕩報》連載時已深受讀者歡迎，一九四六年首次結集成單行本出版，沈寂的回憶提及當時讀者對這書的期待：「這部長篇在內地早已是暢銷一時的名著，可是淪陷區的讀者還是難得一見，也是早已企盼的文學作品」[4]，當劉以鬯及其兄長創辦懷正文化社，就以《風蕭蕭》為首部出版物，十分重視這書，該社創辦時發給同業的信上，即頗為詳細地介紹《風蕭蕭》，作為重點出版物。徐訏有一段時期寄住在懷正文化社的宿舍，與社內職員及其他作家過從甚密，直至一九四八年間，國共內戰愈轉劇烈，幣值急跌，金融陷於崩潰，不單懷正文化社結束業務，其他出版社也無法生存，徐訏這階段整理和再版個人著作的工作，無法避免遭遇現實上的挫折。

然而更內在的打擊是一九四八至四九年間，主流左翼文論對被視為「自由主義作家」或「小資產階級作家」的批判，一九四八年三月，郭沫若在香港出版的《大眾文藝叢刊》第一輯發表〈斥反動文藝〉，把他心目中的「反動作家」分為「紅黃藍白黑」五種逐一批判，點名批評了沈從文、蕭乾和朱光潛。該刊同期另有邵荃麟〈對於當前文藝運動的意見——檢討·批判·和今後的方向〉一文重申對知識份子更嚴厲的要求，包括「思想改造」。雖然徐訏不像沈從文般受到即時的打擊，但也逐漸意識到主流文壇已難以容納他，如沈寂所言：「自後，上海一些左傾的報紙開始對他批評。他無動於衷，直至解放，輿論對他公開指責。稱《風蕭蕭》歌頌特務。他也不辯論，知道自己不可能再在上海逗留，上海也不會再允許他曾從事一輩子的寫作，就捨別妻女，

4 沈寂〈百年人生風雨路——記徐訏〉，收錄於《徐訏先生誕辰100週年紀念文選》，上海：上海社會科學院出版社，二〇〇八。

離開上海到香港。」[5]一九四九年五月二十七日，解放軍攻克上海，中共成立新的上海市人民政府，徐訏仍留在上海，差不多一年後，終於不得不結束這階段的工作，在不自願的情況下離開，從此一去不返。

二

一九五〇年的五、六月間，徐訏離開上海來到香港。由於內地政局的變化，其時香港聚集了大批從內地到港的作家，他們最初都以香港為暫居地，但隨著兩岸局勢進一步變化，他們大部份最終定居香港。另一方面，美蘇兩大陣營冷戰局勢下的意識形態對壘，造就五十年代香港文化刊物興盛的局面，內地作家亦得以繼續在香港發表作品。徐訏的寫作以小說和新詩為主，來港後亦寫作了大量雜文和文藝評論，五十年代中期，他以「東方既白」為筆名，在香港《祖國月刊》及台灣《自由中國》等雜誌發表〈從毛澤東的沁園春說起〉、〈新個性主義文藝與大眾文藝〉、〈在陰黯矛盾中演變的大陸文藝〉等評論文章，部份收錄於《在文藝思想與文化政策中》、《回到個人主義與自由主義》及《現代中國文學過眼錄》等書中。

徐訏在這系列文章中，回顧也提出左翼文論的不足，特別對左翼文論的「黨性」提出質疑，也不同意左翼文論要求知識份子作思想改造。這系列文章在某程度上，可說回應了一九四八、四九年間中國大陸左翼文論的泛政治化觀點，更重要的，是徐訏在多篇文章中，以自由主義文藝的

5 沈寂〈百年人生風雨路——記徐訏〉，收錄於《徐訏先生誕辰100週年紀念文選》，上海：上海社會科學院出版社，二〇〇八。

觀念為基礎，提出「新個性主義文藝」作為他所期許的文學理念，他說：「新個性主義文藝必須在文藝絕對自由中提倡，要作家看重自己的工作，對自己的人格尊嚴有覺醒而不願為任何力量做奴隸的意識中生長。」[6]徐訏文藝生命的本質是小說家、詩人，理論鋪陳本不是他強項，然而經歷時代的洗禮，他也竭力整理各種思想，最終仍見頗為完整而具體地，提出獨立的文學理念，尤其把這系列文章放諸冷戰時期左右翼意識形態對立、作家的獨立尊嚴飽受侵蝕的時代，更見徐訏提出的「新個性主義文藝」所倡導的獨立、自主和覺醒的可貴，以及其得來不易。

《現代中國文學過眼錄》一書除了選錄五十年代中期發表的文藝評論，包括《在文藝思想與文化政策中》和《回到個人主義與自由主義》二書中的文章，也收錄一輯相信是他七十年代寫成的回顧五四運動以來新文學發展的文章，集中在思想方面提出討論，題為「現代中國文學的課題」，多篇文章的論述重心，正如王宏志所論，是「否定政治對文學的干預」[7]，而當中表面上是「非政治」的文學史論述，「實質上具備了非常重大的政治意義：它們否定了大陸的文學史論述」[8]，徐訏所針對的是五十年代至文革期間中國大陸所出版的文學史當中的泛政治論述，動輒以「反動」、「唯心」、「毒草」、「逆流」等字眼來形容不符合政治要求的作家；所以王宏志最後提出《現代中國文學過眼錄》一書的「非政治論述」，實際上「包括了多麼強烈的政治含義」。這政治含義，其實也就是徐訏對時代主潮的回應，以「新個性主義文藝」所倡導的獨立、

6 徐訏〈新個性主義文藝與大眾文藝〉，收錄於《現代中國文學過眼錄》，台北：時報文化，一九九一。

7 王宏志〈心造的幻影——談徐訏的《現代中國文學的課題》〉，收錄於《歷史的偶然：從香港看中國現代文學史》，香港：牛津大學出版社，一九九七。

8 同前註。

自主和覺醒，抗衡時代主潮對作家的矮化和宰制。

《現代中國文學過眼錄》一書顯出徐訏獨立的知識份子品格，然而正由於徐訏對政治和文藝的清醒，使他不願附和於任何潮流和風尚，難免於孤寂苦悶，亦使我們從另一角度了解徐訏文學作品中常常流露的落寞之情，並不僅是一種文人性質的愁思，而更由於他的清醒和拒絕附和。一九五七年，徐訏在香港《祖國月刊》發表〈自由主義與文藝的自由〉一文，除了文藝評論上的觀點，文中亦表達了一點個人感受：「個人的苦悶不安，徬徨無依之感，正如在大海狂濤中的小舟。」[9]放諸五十年代的文化環境而觀，這不單是一種「個人的苦悶」，更是五十年代一輩南來香港者的集體處境，一種時代的苦悶。

三

徐訏到香港後繼續創作，從五十至七十年代末，他在香港的《星島日報》、《星島週報》、《祖國月刊》、《今日世界》、《文藝新潮》、《熱風》、《筆端》、《七藝》、《新生晚報》、《明報月刊》等刊物發表大量作品，包括新詩、小說、散文隨筆和評論，並先後結集為單行本，著者如《江湖行》、《盲戀》、《時與光》、《悲慘的世紀》等。香港時期的徐訏也有多部小說改編為電影，包括《風蕭蕭》（屠光啟導演、編劇，香港：邵氏公司，一九五四）、《傳統》（唐煌導演、徐訏編劇，香港：亞洲影業有限公司，一九五五）、《痴心井》（唐煌導演、

[9] 徐訏〈自由主義與文藝的自由〉，收錄於《個人的覺醒與民主自由》，台北：傳記文學出版社，一九七九。

王植波編劇，香港：邵氏公司，一九五五）、《鬼戀》（屠光啟導演、編劇，香港：麗都影片公司，一九五六）、《盲戀》（易文導演、徐訏編劇，香港：新華影業公司，一九五六）、《後門》（李翰祥導演、王月汀編劇，香港：邵氏公司，一九六〇）、《江湖行》（張曾澤導演、倪匡編劇，香港：邵氏公司，一九七三）、《人約黃昏》（改編自《鬼戀》，陳逸飛導演、王仲儒編劇，香港：思遠影業公司，一九九六）等。

徐訏早期作品富浪漫傳奇色彩，善於刻劃人物心理，如〈鬼戀〉、〈吉布賽的誘惑〉、〈精神病患者的悲歌〉等，五十年代以後的香港時期作品，部份延續上海時期風格，如《江湖行》、《後門》、《盲戀》，貫徹他早年的風格，另一部份作品則表達歷經離散的南來者的鄉愁和文化差異，如小說《過客》、詩集《時間的去處》和《原野的呼聲》等。

從徐訏香港時期的作品不難讀出，徐訏的苦悶除了性格上的孤高，更在於內地文化特質的堅守，拒絕被「香港化」。在《鳥語》、《過客》和《癡心井》等小說的南來者角色眼中，香港不單是一塊異質的土地，也是一片理想的墓場、一切失意的觸媒。一九五〇年的《鳥語》以「失語」道出一個流落香港的上海文化人的「雙重失落」，而在《癡心井》的終末則提出香港作為上海的重像，形似卻已毫無意義。徐訏拒絕被「香港化」的心志更具體見於一九五八年的《過客》，自我關閉的王逸心以選擇性的「失語」保存他的上海性，一種不見容於當世的孤高，既使他與現實格格不入，卻是他保存自我不失的唯一途徑。[10]

徐訏寫於一九五三年的〈原野的理想〉一詩，寫青年時代對理想的追尋，以及五十年代從上

10 參陳智德《解體我城：香港文學1950-2005》，香港：花千樹出版有限公司，二〇〇九。

海「流落」到香港後的理想幻滅之感：

多年來我各處漂泊，
唯願把血汗化為愛情，
遍灑在貧瘠的大地，
孕育出燦爛的生命。

但如今我流落在污穢的鬧市，
陽光裡飛揚著灰塵，
垃圾混合著純潔的泥土，
花不再鮮豔，草不再青。

海水裡漂浮著死屍，
山谷中蕩漾著酒肉的臭腥，
潺潺的溪流都是怨艾，
多少的鳥語也不帶歡欣。

茶座上是庸俗的笑語，

市上傳聞著漲落的黃金，
戲院裡都是低級的影片，
街頭擁擠著廉價的愛情。

此地已無原野的理想，
醉城裡我為何獨醒，
三更後萬家的燈火已滅，
何人在留意月兒的光明。

「原野的理想」代表過去在內地的文化價值，在作者如今流落的「污穢的鬧市」中完全落空，面對的不單是現實上的困局，更是觀念上的困局。這首詩不單純是一種個人抒情，更哀悼一代人的理想失落，筆調沉重。〈原野的理想〉一詩寫於一九五三年，其時徐訏從上海到香港三年，由於上海和香港的文化差距，使他無法適應，但正如同時代大量從內地到香港的人一樣，他從暫居而最終定居香港，終生未再踏足家鄉。

四

司馬長風在《中國新文學史》中指徐訏的詩「與新月派極為接近」，並以此而得到司馬長風的正面評價，[11]徐訏早年的詩歌，包括結集為《四十詩綜》的五部詩集，形式大多是四句一節，隔句押韻，一九五八年出版的《時間的去處》，收錄他移居香港後的詩作，形式上變化不大，仍然大多是四句一節，隔句押韻，大概延續新月派的格律化形式，使徐訏能與消逝的歲月多一分聯繫，該形式與他所懷念的故鄉，同樣作為記憶的一部份，而不忍割捨。

在形式以外，《時間的去處》更可觀的，是詩集中〈原野的理想〉、〈記憶裡的過去〉、〈時間的去處〉等詩流露對香港的厭倦、對理想的幻滅、對時局的憤怒，很能代表五十年代一輩南來者的心境，當中的關鍵在於徐訏寫出時空錯置的矛盾。對現實疏離，形同放棄，皆因被投放於錯誤的時空，卻造就出《時間的去處》這樣近乎形而上地談論著厭倦和幻滅的詩集。

六七十年代以後，徐訏的詩歌形式部份仍舊，卻有更多轉用自由詩的形式，不再四句一節，隔句押韻，這是否表示他從懷鄉的情結走出？相比他早年作品，徐訏六七十年代以後的詩作更精細地表現哲思，如《原野的理想》中的〈久坐〉、〈等待〉和〈觀望中的迷失〉、〈變幻中的蛻變〉等詩，嘗試思考超越的課題，亦由此引向詩歌本身所造就的超越。另一種哲思，則思考社會和時局的幻變，《原野的理想》中的〈小島〉、〈擁擠著的群像〉以及一九七九年以「任子楚」

[11] 司馬長風《中國新文學史（下卷）》，香港：昭明出版社，一九七八。

為筆名發表的〈無題的問句〉，時而抽離、時而質問，以至向自我的內在挖掘，尋求回應外在世界的方向，尋求時代的真象，因清醒而絕望，卻不放棄掙扎，最終引向的也是詩歌本身所造就的超越。

最後，我想再次引用徐訏在《現代中國文學過眼錄》中的一段：「新個性主義文藝必須在文藝絕對自由中提倡，要作家看重自己的工作，對自己的人格尊嚴有覺醒而不願為任何力量做奴隸的意識中生長。」[12]時代的轉折教徐訏身不由己地流離，歷經苦思、掙扎和持續的創作，最終以倡導獨立自主和覺醒的呼聲，回應也抗衡時代主潮對作家的矮化和宰制，可說從時代的轉折中尋回自主的位置，其所達致的超越，與〈變幻中的蛻變〉、〈小島〉、〈無題的問句〉等詩歌的高度同等。

＊陳智德：筆名陳滅，一九六九年香港出生，台灣東海大學中文系畢業，香港嶺南大學哲學碩士及博士，現任香港教育學院文學及文化學系助理教授，著有《解體我城：香港文學1950-2005》、《地文誌——追憶香港地方與文學》、《抗世詩話》以及詩集《市場，去死吧》、《低保真》等。

[12] 徐訏〈新個性主義文藝與大眾文藝〉，收錄於《現代中國文學過眼錄》，台北：時報文化，一九九一。

目次

你說

你說整個的宇宙只有一個太陽，
我說太陽系外有無數的光亮，
你說人間的思想只有一個是真理，
我說真理就在人間有多種的思想。

當我披星戴月奔走於街頭巷尾，
你則指左揮右在廣庭上布置會場，
我說我們該多聽別人的意見，
你說我們應專評別人的短長。

你說智識分子不該有意見，
但是意見最多的是你冗長的演講，

我說窮人該有工作吃飯的自由，
你說自由不是窮人的理想。

你叫大家餓肚，說是人民的自願，
又叫大家流血，說是人民的主張，
我的慈善是小資產階級的溫情，
你的殘忍是無產階級的信仰。

我說人民大眾都面有菜色，
你說工多食小是進步的榜樣。
我問誰在享受酒樓裡的山珍海味，
你說那是人民對領袖的供養。

你在衙門裡走群眾路線，
叫群眾靠攏神祕的宮牆，
我問宮牆裡藏著多少無產階級，
你說金殿龍座供奉著神像。

一九五三。

寂寞的夜

寂寞的夜，
空虛的生命，
沒有夢，沒有愛，
沒有一分可望的光明。

漆黑的天，
灰暗的地，
無垠的太空，
竟無一顆殘星。

偷盜的已去，
強占的已來，

廣大的人間，
只有哭泣與呻吟。

聽群狼嘯嗥，
聽群羊慘鳴，
紛紜的世界，
似從未寧靜。

一九五四，四，四。

送別

你對我告別，你說你要遠行，
你將翻越險峻的山嶺，
穿過暗淡的雲霄，
摸索你所夢想的光明。

那麼此後你要碰見的，
將是你不認識的星，
照著不認識的葉子，
掛在不認識的樹林。

還有那陌生的面孔，
鑲著好奇的眼睛，

用你所不懂的言語，
談你所不解的愛情。

你可以自由地走過，
不必去計較天雨天晴，
靜觀群妖爭勝鬥豔，
你也無需再粉飾太平。

但我又要你學習緘默，
不要學巧妙的辭令，
在無限起伏的時間中，
且求有限空間的寧靜。

一九五四，七，九。

新春

你說有桃紅柳綠就是春天，
我說能豪笑狂歌才是春意，
你說冬天過去了來的就是春天，
我說青春消逝後年年都是秋季。

你說科學究竟是萬靈萬能，
原子時代的進步更會一日千里，
總有一天人類會創造春天，
兩極與赤道也都有春意。

我說春天所代表的是和平愉快，
戰雲密佈下誰也沒有春季，

不要說原子彈下難有生物存在，
火藥氣中何來紅桃綠柳的生機。

你說和平愉快靠你的想像，
豪笑狂歌都發自你的心底，
如果你抬頭看到桃紅柳綠，
那麼你無須再顧到你的年紀。

我說我們這一代不會再有春天，
你說我忘去了現實就會有春意。
我說你始終沒有看到世界，
你說我不會在心中創造天地。

一九五五，一，二四，晨一時。

戀歌

我要唱最後的戀歌，
像春蠶吐最後的絲，
願你美麗的前途無限，
而我可憐的愛情並不自私。

開闊的河流難被阻塞，
偉大的胸襟應容苦痛，
人間本無不老的青春，
天國方有不醒的美夢。

秋來的樹木都該結果，
多餘的花卉徒亂天時，

長長的旅途滿布寂寞，
黯淡的雲端深藏燦爛的日子。
願我有歌聲可長留此間，
讚美那天賜的恩寵，
使我在人間會相信奇跡，
暮色裡仍有五彩的長虹。

一九五五，三，一六。

癡情

沒有人能了解，
沒有人能相信，
我在寂寞的島上，
癡戀一顆紫星。

忘忽了空間，
忘忽了時間，
忘忽了我在塵世流落，
堆積著人間的年齡。

癡望著窗口，
癡望著雲天，

願煙霧不阻礙
它在一定時間中降臨。

幻想著淺笑，
幻想著微顰，
我在昏迷的相思中
已無法清醒。

深夜的街頭，
黃昏的海濱，
在短促的聚會中，
時間從未為我們留停。

念渺茫的未來，
漫漫的旅程，
它將在另一天地中，
度我無可追隨的生命。

但對層層的花叢，
疏密的樹林，
願它永記得這島上
我所奉獻的癡情。

即使在別人的夢中，
偎吻孩提的柔唇，
也請莫忘在睡歌中，
低唱在記憶裡我的小名。

一九五五，三，二五，黃昏。

降臨

在你還未降臨的時候，
整個的世界是這樣不寧，
斑斕的雲彩上下浮沉，
翠綠的樹葉晃搖不停。

在你行將降臨的時刻，
灰色的世界浮起了光明，
隔牆的樹枝都翹首期待，
滿園響徹了希望的鳥鳴。

於是門前出現了你的影子，
不安的世界頓時平靜，

池水不再隨清風波動，
蜂蝶無心在花間低吟。

你說世界從未有如許變化，
喜怒哀樂都是我的心情，
青山長掛著期待的惆悵，
宇宙永含著和諧的歡欣。

一九五五，四，一五。

原始的和諧

我像小鳥在林間，
呼吸綠葉的芬芳，
歌頌春天的神奇，
對溫暖的陽光歌唱。

我像游魚在水中，
偎依綠藻的溫柔，
細味自然的神祕，
舞著美妙的節奏。

我像小花在天地間，
吸收原野的愛，

讚美宇宙的壯麗，
冉冉地坦放潔白的花瓣。

我像星辰在雲海中，
浮沉時間的永常，
感嘆造物的萬能，
漸漸地吐露深藏的光芒。

這因為當我在你的身邊，
我感覺到我為你而存在，
諦聽我們一致的脈搏，
了悟那生命原始的和諧。

一九五五，四，二四。

有葉的地方

是落葉在暴風中飄蕩，
像小舟在驚濤中顛簸，
生命在亂世干戈中流浪，
年華在悲歡離合中消磨。

我是一個無家可歸的孩子，
久不見溫暖的爐竈與發香的菜鍋，
黑暗中依靠著星光與月光，
我已記不起黯淡的人間曾有燈火。

你說一切車水馬龍的城鎮我已看過，
一切柳暗花明的途徑我也都已走過，

我不會在紙醉金迷的都市流落，
為何還要在荒漠的鬼城裡蹉跎。

那麼請你借我你手上的燈籠，
帶我到我應去的墳墓，
我不想到有花的地方採蜜，
我只想在有葉的地方做窩。

一九五五，五，三。

感逝

像一塊原始的煤，
生命在人間燃燒，
紅過，黑了。

只剩了車轍蹄印，
往事已遙遠地飛逝，
濃過，淡了。

再無從追尋，
青春如已溶的雪，
光潔過，污黯了。

後浪推前浪，
來者正如去者，
顯現過，隱沒了。

一九五五，五，二八。

死去

假如我今夜無聲地死去，
明天的宇宙仍會一樣行進；
白天的陽光會普照著大地，
夜裡的星星仍長懸在天庭。

假如我今夜寂寞地死去，
明晨我腕上的錶聲總還未停，
還有我手插的劍蘭與玫瑰，
也會活在我案上的花瓶。

假如我今夜平靜地死去，
我灰色的窗外仍有鳥鳴，

樓下仍會有找我的電話，
門前也還有訪我的人影。

假如我今夜安詳地死去，
舟車間仍寄著我的書信，
遠地的朋友接到我的信息，
仍會信我在期待他們回音。

一九五五，六，一一。

難恕的罪

燦爛的花開過，
繽紛的落英都已憔悴；
多情的綠鶯遠去，
翱翔在天外未歸。

荒蕪的園中只有月色，
黯淡的人影難禁流淚，
多少靜寂失眠的夜，
短促的回憶都是懺悔。

萍水低訴相同的命運，
嘆已逝的光陰無從挽回，

問人生能有幾度歡樂，
一次的相愛已夠終生的陶醉。

在顛沛的亂世中跋涉，
人間已無是非真偽；
難道在寂寞的生命中，
愛情也是難恕的罪？

捨棄了現世的繁華，
才能修煉那心靈的高貴，
莫忘青山外還有廣大的平原，
永遠鋪著你前途的光輝。

一九五五，六，一一。

傳記

他活了八十歲逝世。
在七十年生命中，
他寫了五十卷詩，
但是他滿意的只有一首。
那是七十年前，
偶寫在作文簿裡，
並沒有贏得分數。

他獨身一輩子，
只留下他寫給女人的
一萬四千封情書。
但是他只愛過一個人，

而他未敢對她表示，
也沒有寫給她一個字。

他從未記日記，
也沒有遺囑，
他最後給朋友的信上說：
他一生沒有貪污，
五十多年奔東奔西，
也賺過大錢小錢無數。
他最慶幸的是：
這些錢都花在吃喝嫖賭，
一文也沒有留到晚年
用作請醫吃藥，
拖延無意義的生命，
留戀那塵世裡的苦。

在他臨終時，
請到了牧師神父，

問他有什麼應該懺悔？
他說：八十年中，
父母騙他二十年，
師友騙他二十年，
書籍報刊騙他二十年，
在最後二十年中，
他天天自己騙自己。

在他降生時，
他母親肚痛了三十小時；
在他臨死時，
他只掙扎三分鐘，
把他用舊了的皮囊，
捨棄在床上不顧。

在火葬場上為他殉葬的
裡外有毒菌無數。
他的骨灰被裝在陶罐中，

陶罐埋在泥土裡，
泥土在春天生長了青草，
沒有人知道地下是他的屍體。

一九五六，一二，五。

注定的路徑

我腰腿已經痠痲，
滿頭汗水涔涔，
耳朵與鼻葉已經僵冷，
胸口跳躍著隱痛的心。

背著沉重的包袱，
我走向積雪的山頂，
四周沒有一株樹木，
沿途沒有一個人影。

支著粗重的手杖，
我走向雲霧中的山頂，

眼前是一片迷茫，
也看不見天藍天青。

喘著迫促的呼吸，
我走向模糊的山頂，
我不知究竟有多少路，
也不知要經過多少險境。

拖著疲乏的腳步，
我走向顫巍的山頂，
我不知山內有什麼寶藏，
也不知山上有什麼風景。

沒有人叫我背這個包袱，
沒有人要我攀登山頂，
只因為我在出世的一天，
注定了我要走這段路徑。

一九五七，二，七。香港。

夢中的創傷

那離群的星光
在我窗前浮蕩，
像一副憔悴的面容
掛著空虛的眼光。

迷途的清風
在我院中彷徨，
像是疲倦的步伐
拖著沉重的失望。

這時夜已三更，
我僵臥在未溫的床，

聽東邊一聲鼠叫，
西邊一聲蛙唱。

念過去有限歲月，
製造過多少希望，
如今僅剩我未停的心，
在撫摸我夢中的創傷。

一九五七，九，九。香港。

不寧

沒有愛時我期望愛情，
愛情降臨時我又如此不寧，
白天的生活像常在夢中，
夜裡我失眠得像長庚星。

每次病中我都如此發願，
只要有健康我再不怕辛勤，
也不怕貧窮孤獨與流浪，
或者為得失而暗暗傷心。

但當病癒時我希望安逸，
我希望富有，還希望熱鬧與清靜。

一切欲望長纏著健康，
睡眠常伴著煩惱的夢境。

於是我祈禱我可以重新戀愛，
只有在愛時我心清如鏡。
沒有任何慾念可侵占我思想，
我唯一想念的是我所愛的情人。

但我情人竟是如此遙遠，
渺茫的愛情徒使我不寧，
白天的生活像長在夢中，
夜裡我失眠得像長庚星。

一九五八，四，四。

原野的呼聲

我在廣大的原野中生長，
日夜在無垠大地中馳騁，
開闊的天空緊貼我面龐，
柔軟的草原偎依我夢魂。

和煦的陽光照著山谷，
皚皚的白雪掩埋著荒村；
我在浩渺的天地間往來，
昂然無依於男友女朋。

於是我流落在狹小的都市，
高樓小街裡都是電燈，

陽光被擠在污穢的牆角，
清風受阻於緊閉的窗門。

我視線限於鄰居的簾幃，
耳朵但聞男女的紛爭，
呼吸的都是污濁的空氣，
行動要依靠各種的車輪。

從此我需要友誼的慰藉，
還需要愛情的溫存，
我要紙煙安慰我寂寞，
還要醇酒調劑我淒冷。

如今我已在緘默中冉冉老去，
人人都說我有個寂寞的靈魂，
但無人知我在寧靜的夜晚，
始終在諦聽原野的呼聲。

一九五八，四，一五，晨六時。

我的愛人

在遠方，在遠方，
在迷茫的遠方，
她坐著，她站著，
像一朵花，在幽谷裡，
獨自發著難掩的芬芳。

在遠方，在遠方，
在迷茫的遠方，
她微笑著，她嘆喟著，
像一朵雲，在山峰上，
獨自縹緲地來往。

在遠方，在遠方，
不可捉摸的遠方，
她徘徊，她彷徨，
她來時像湖上的清風，
去時像雲層裡的月光。

在遠方，在遠方，
在無人知道的地方，
她憂愁，她歡笑，
她像一首小小的詩歌，
永遠寂寞地留在我心上。

一九五八，五，一四。

在夜裡

在夜裡，在沒有語言
只有呼吸的夜裡，
沒有光亮只有陰暗的夜裡，
沒有人關心色與色，
光與光，平面與直線的同異。
那還有誰會了解
我手指與腳趾的差別，
我頭腦與我心靈的距離。
我認識過去如現在，
我了解童年像老年，
憶及北京、倫敦、巴黎……
呻吟在長長的走廊上，
無數的石階外加上高高的樓梯。

你告訴我那些大理石都是假的，
前斜後正都是鋼骨與水泥；
這倒像現代的愛情與婚姻，
美麗的外表未曾把男女糾纏在一起。
我說不相信愛情，請相信存在，
沒有愛情無從有我與你。
這世界在顏色與線條中，
只要你看到顏色與線條，
星月雲彩有什麼意義？
不要說社會有多少豐富，
世事有多少光怪陸離，
人情有幾重幕幃，
路人無從比夫妻與兄弟。
但誰在估量軟的、硬的、
潮溼的、乾燥的黃沙白泥，
墳墓中還不是大同小異的
已腐的與未腐的屍體。

一九五九，一一，一五。

白色的牆上

在那白色的牆上，
碎亂的人影
是未來派的畫幅。
月光如水，
泛濫在我地上的
是中秋節的鄉愁。

我在回憶中摸索
哪些染色的時間：
發霉了的青春
與化石般的童年。

而那長長的回憶，
路上都是碎石與泥濘，
月光照著此情此景，
不如說是彼時彼地。

原想穿著白色的睡衣，
走盡那黑色的夜。
而旅人的嘆息與夢囈，
使我在三更時分
換上黑色的禮服，
到雪亮的燈光下
喝了三杯白蘭地。

夏天留下的是：
四襲破了的汗衫袴，
一個逝去的笑容
與三張親友的訃聞。

秋天呢？
秋天還沒有來，
我知道它一定會帶來：
銀色的白髮，
灰色的皺紋，
還有那討債的函件。

在雪亮的燈光下
喝了三杯白蘭地；
於是我看到牆上的人影，
它同我年輕時一樣年輕。
那麼我為什麼不讓
我影子去流浪，而要它
掛在牆上伴我等天光？

一九六〇，一〇，一三。

我失眠

我失眠。

在十二點三刻
與兩點零五分間，
亮著燈光的鄰居
窗戶沒有關閉。

從兩點零六分
到四點五十五分，
有三隻灰色的老鼠
爬著長長黃色的樓梯。

那十字架卍字架
捆綁義乳與義肌，
那四方形三角形
支撐著塑膠的胴體。

殷紅的赭紫的口紅
襯著灰色的唇皮，
馬尾製成的假睫毛
閃著藍色的油膩。

我對著廉價的畫報
噴起第四包的紙煙，
於是灰色的東方透露白色，
我試試對窗口打一個呵欠。

一九六〇，一〇，一四。

垂死的毒汁

鎖枷掛著鑰匙，
鑰匙上刻著名字。

那些呼號的人過去了，
那些叫囂的人過去了！

在蠕動的地上蠕動，
在退縮的地上退縮。

我嘆息，
那垂死的蛇
有最後的毒汁。

原諒那瘋狗吧，
使人致命的，
就因為它是垂死的。

一九六〇，一〇，一四。

你走了

你走了，
在濛濛的雨中，
在蕭蕭的風中，
你悄然地走了。

你走了，
欠我一聲溫柔的道別，
欠我一句親切的祝福，
帶走了我多少空靈的夢想。

你走了，
像一陣芬芳的消散，

像一曲歌聲的飛逝，
你默默地走了。

你走了，
你走向抽象的畫幅中，
你走向意象的詩篇中，
留下了一些神祕的惆悵。

一九六〇，一〇，二一。

大氣裡的哀怨

讓我憑弔那垂枯的花，
憑弔萎謝的葉，在陰暗的路角
流難禁的寂寞的淚，
聽一聲聲悽涼的促織。

沒有人，沒有友伴，
除了遠在天外的星星
凝視那無燈的窗口，
問何人在人間憩歇？

我已經倦了，多年來
在人世間奔走，尋覓，

沒有找到我要唱的歌，
只聽到那迷途孩子的啜泣。

看靜佇的與旋轉的人造衛星，
如何追尋那發光的星月，
願他吸取大氣裡的哀怨，
吐露蘊藏的宇宙的祕密。

一九六一，一，一二。

無光的音符

在印刷機與鉛字間，
在珂羅版與顏色間，
泛濫著宣傳的文字與繪圖；
在鋼琴與提琴間，
在短笛與長笛間，
跳躍著麻醉的與煽動的音符。

人們在冷酷的槍尖下勞作，
在灼熱的咒語中跳舞。
那五色的廣告，七彩的標語，
把人分成了進步、時髦與落伍。

在星球間出現了人造衛星，
在人造衛星間凍藏戰雲，
醞釀著冷戰熱戰的口號，
看誰能毀滅更多的人群。

在長刀與短劍間，
在大鍋與小鍋間，
我聞到了野禽與家畜，
——油炸的與水煮的，
使我想起了誰都已忘去的事情：
在原始的森林裡，
人與獸血戰了千萬年，
才開始了人類的文明。

這世界你會不再認識：
不久太空裡浮蕩的
將都是無光的偽星；
街市上奔走忙碌的

將都是沒有靈魂的人民；
滿街都是無神的教堂，
標語口號都當作了聖經。
從此神與人間再沒有信與愛，
人與人間也再無任何溫暖與感情。

一九六一，一，一二。

假定

沒有了國的人，
沒有了家的人，
沒有鋪蓋的人們，
請你們吶喊吧，
只要你們還有三寸的舌頭。

讓有力的人殺人，
讓有槍的人殺人，
讓有權力的抓人吧！
將來，還讓原子彈氫氣彈毀滅世界吧。

於是有的舌頭硬了，
有的舌頭僵了，

有的舌頭斷了，
也有的舌頭裂成兩瓣；
而多數的舌頭也只為禮讚。

那麼我們且假定人人有一顆良心，
假定我們死後真有個靈魂，
再假定我們有個公正的上帝。
說是殺人的人們也是要死的，
難道還不夠證明人是平等的嗎？

一九六二，一，一二。

偶感

前代的淚，
今世的笑，
因果中無不清楚。

上升如斯，
下沉如彼，
人間向無乾淨的去處。

逝者何歸，
來者何從，
無人曾將時間留住。

顫抖的人生中，
一切初生之犢，
都不畏虎。

那麼那淅瀝的雨，
蕭瑟的風，
到底在為誰訴苦？

一九六二，六，二六。

小島

我曾經在酒家裡，
在咖啡座上，在客廳裡，
與人們笑著談著，
聽那些可敬的能幹的
朋友的感慨，嘆息，
都覺得世界已經老了，
那小島是寂寞的。

那多少年輕的詩人與作家，
嚴肅而又嚴肅地創作著，
創作著，用灰黯的調子，
隱諱生澀的字句，
表現奇譎的感覺，

享受那不需要為人了解的自由。
那快樂，那悲哀，那孤獨，
都覺得這世界已經老了，
而那小島是寂寞的。

那羊群一般的學生，
在火車上，在公路上，
從那輛到這輛，
從早晨到黃昏，
補習而又補習地，
把公式塞在腦子裡，
把身子塞在學校裡，
塞在中學裡，塞在大學裡，
只希望有一天可以去國外。
因為啊，那小島是寂寞的。

論戰麼？——文化的論戰，
詩的論戰，音樂的論戰，

正像家家戶戶的竹牌一樣，
只是想在寧靜黯淡的
死水中，激起一些漣漪；
那怒容，那意氣，那吼聲，
就為稍消心中的鬆弛與空氣。
因為那小島是寂寞的。

那新聞，一個好萊塢明星的傷腿，
一個有妻的富翁的戀愛，
通姦呀，離婚呀，自殺呀，
一切芝麻般的消息都可以
成為熱鬧的流行的謠言，
變成了酒餘飯後的談助。
談著，聽著；談著，聽著；
都因為那歲月是如此悠長。
而這小島是寂寞的。

那蓬勃的補習世界，
蓬勃的語言學校，
那史無前例的學習空氣——
官貴們的高爾夫球，
太太們的中國畫，
老爺們的太極拳，
小姐們的舞藝，
還有那宗教——
佛教，基督教，天主教……
擁擠的教堂與廟宇，
都因為那時間可怕，
而小島是寂寞的。

那道德重整會，那朝聖團，
那天才的兒童，以及各種的選拔，
只是美國呀，美國呀，美國呀，
博士、碩士、生男育女、
中國雜碎、蒙古烤肉、

廚子、裁縫、理髮師，
還有出席會議的代表大人，
帶著外匯偶爾調劑與散心，
仍因為這小島是寂寞的。

而我，望著比我年輕的
朋友們，以及朋友的孩子們，
掙扎著，擁擠著，推移著，
擠在熱鬧的十字路口，
望著沒有綠燈的前途。
他們踩著自己的腳印蠕動，
胸中再沒有任何的目標。
他們充分享受了寂寞的自由，
因為那小島是寂寞的。

一九六二，一〇，二〇。

悼晉三

你去了，
就因為你曾經來過。
在這個世界上，
我們聚散離合；
人與人之間，友誼是
兩點中的直線。

我們——
分別於未辭，
相聚於未約。
「你出來了？」
「你也出來了！」
相偕吃一次飯，

你不談為何出來，
如何出來，
你緘默著，
吸著紙煙。

「那位周小姐呢？」
「在美國，」你說：
「我們還通信。」
你冷澀的一笑。
你吸著煙。

「最好還是獨身。
沒有地方去？
跟我走吧！」
你點點頭，
冷澀的一笑，
吸著紙煙。

「孩子已經九歲了？
你應該帶他出來呀。」
在沙坪壩，你美麗的
美麗的太太所抱的。
我記起你已逝的
美麗太太的美麗。

於是你忽然不見了，
你終於被人所俘，
你不再是一個人，
但是你緘默著，
你吸著紙煙。

好久不見。我說：
「真是好久不見了，
怎麼一個人在吃飯呢？」
「她已經走了。」
你冷澀的一笑，

你吸著紙煙。
這是又一次男女的波折，
你只是緘默著吸著紙煙。

「你早該把孩子帶出來。」
「他已經十九歲了。」
你讓我看他的照相。
「像你以前的太太吧？」
你冷澀的一笑，吸著紙煙。

於是你常給我電話，
忽然有一次你又問我：
「愛字是怎麼寫的？」
我知道你吸著紙煙。
於是你冷澀的一笑，
「來吃我喜酒吧。」

我們──
在同一時代中掙扎，
在同一環境中掙扎，
我嘆息時，你緘默，
我詛咒時，你緘默，
我哄笑時，你緘默，
我困難時，你說
回到這邊來吧，
橫豎還有一個掙扎。
於是你歡迎我，
在我們兩個人的飯桌上，
你沒有問我「為何」與「如何」，
你緘默著，吸著煙。

你冷澀地笑著，吸著煙。
「但是我已經戒絕了紙煙。」
我說。你把煙收回去，
沒有稱讚我一聲果敢，

沒有問我一句成功的歷史，
冷澀地一笑，你吸著煙。

「我想去旅行一次。」
你躺在病榻時，我來辭行。
你苦笑著，說：
「我只是胃壁有點發炎。」
但是你沒有吸煙。

於是我聽到你的噩耗，
我一時像是找不到自己。
我驚駭，我嘆息，我懷疑，
我知道你緘默著，你將永遠緘默，
而我只剩冷澀的苦笑，
我想重新吸支紙煙。

一九六二，九，二，夜。

註：晉三先生東吳中學畢業，清華大學英文系文學士，清華官費留美，進哈佛大學。同國曾任國立中央大學英文系教授多年。在重慶時，又曾主編《時與潮文藝》為當時最著名的文藝刊物。由於其常向作者約稿，相識交往至今。孫氏於今年八月二十九日逝世。詩中有關私人交誼上故事，或難為讀者所了解，但當可為認識孫氏者之參考。

見面

沒有人知道：
一粒種子怎麼樣
在泥土裡醞釀，
掙扎，受盡了
磨折、苦難，
才能把綠綠的嫩芽
伸出地面。

沒有人了解：
一滴雨怎麼樣
在雲氛裡飄浮、

凝結，受盡了
顛簸、苦難，
才能把透明的水點
灑到地面。

而翩翩的蝴蝶，
也是在黑暗中
蛻化、摸索、
奮鬥，經過了
挫折、苦難，
才能在溫暖的
日光下出現。

因此我也無從表白：
我的心
是經過怎麼樣的
彷徨、顫慄，
才能把我的感情

變成了笑容
來同你見面。

一九六二，一一，八。

有贈

請不要再掀起古舊的笑話，
哪一個人的童年不拖過鼻涕；
也無需高唱南腔北調，
因為這些八股誰都已聽膩。

五十年前姑娘們都在深閨，
出門時誰不打扮著衣冠整齊，
現在沙灘上芸芸的女性，
三角的衣袴何曾蔽體？

三十年代不說幼稚的革命，
總不能算進步的青年，

但如今再相信紅綠的主義，
總顯得你學識與見聞太淺。

我們的前輩並不怕人查看，
他過去的照相裡都拖著時髦的小辮，
難道這也是所謂反革命的證據，
只因為他生在七十年以前？

一九六二，一一，九。

呼喚

我多年來在這裡期待，
期待一種熟識的聲音，
因為它在悽涼的夜裡，
曾帶我進溫暖的夢境。

它曾在遙遠的山谷中，
呼喚牛羊回家；
在迷濛的暮色中，
呼喚飛鳥歸林。

它曾在薄薄的霧靄中，
呼喚睡蓮清醒；

在遼闊的雲天中，
呼喚孤雁回群。

它曾經呼喚戰士退休，
它曾經呼喚英雄歸隱，
它曾叫富翁們醒悟，
死時無從帶走一分黃金。

它還曾在黑漆的原野中，
喚出天邊熠熠的明星，
在我灰冷的胸中，
喚起我灼熱的愛情。

如今我還在這裡期待；
就在期待這呼喚的聲音，
它會在我動亂的生活中，
帶我一種宗教的寧靜。

一九六二，二，九。

過客

我是一個可憐的過客，
到世上作幾十年的摸索，
來處是漆黑的迷茫，
去處是迷茫的漆黑。

但是我生逢可怕的亂世，
社會上到處是紛爭攘奪，
強者暴者人人富貴榮華，
弱者良者個個貧窮孤獨。

只因為我懷疑那人生的因果，
就注定了我一生奔走漂泊，

我看盡人間的生老病死，
走遍了地球的東西南北。

有人說我議論不合政治的要求，
有人說我思想有違傳統的道德，
有人說我感慨多是無病呻吟，
有人說我文章都是憤世嫉俗。

於是在這茫茫的塵世中，
我再也無處立足。
萬卷在病患中散盡，
半技在閑散中忘絕。

妻在貧窮中下堂決去，
子女個個都患營養不足，
夜來常夢見童年的蹉跎，
晨起總驚惶頭上的髮白。

在如此生涯中我如何不懷疑，
上蒼何曾顧到人間的禍福，
但我知道即使我相信什麼教義，
我也還是一個可憐的過客。

一九六二，一一，一一。

叮嚀

在萬花開齊的春天你珍重地同我道別，
我曾給你殷勤的祝福與溫柔的叮嚀；
我們常信靜穆的舊居裡有我們平靜的生活，
誰知日子可以如此殘酷歲月可以如此無情。

如今那煦和的太陽再不照這片黯黑的世界，
天已經不是蔚藍，風已經不溫和，月已經不明，
灰色的原野再沒有金黃的稻穗與碧綠的青草，
黃昏時也沒有淡藍的炊煙常繞著茂鬱的樹林。

還有青山下掛滿紅黃果實的園林早已荒蕪，
後門外也沒有穿花襖的來閑話家常的比鄰，

湖岸白石上難得再有唱著小調垂釣的童子，
湖上漂浮的是爛了的樹葉與黯淡的浮萍。

年年春風秋雨中花開花落都無人惋惜，
夏蛙與秋蟲整日整夜的鼓噪還有誰諦聽，
殘缺的屋脊雖有古怪的烏鴉偶爾哀啼，
半圮的牆外已無迎客的犬吠與招伴的羊鳴。

那腰彎背屈龍鍾的柳樹上鵲巢已破，
枯枝殘葉間也無低呼輕喚的黃鶯；
只是去年十月底有孤雁掠過天空，
悽涼的長嘯曾劃破了月夜的寧靜。

不用說風打雨蝕中壯健的男子個個老去，
那垂髫的姑娘誰還不變成三兒四女的母親，
說什麼長長短短的日子可有熟人打門，
就是偶爾飛來的啄木鳥也從未敲我們的窗櫺。

那麼何必問誰在使我愛情枯竭、靈感消沉，
因為早無人關心我荒廢了的夢與浪費了的青春，
那幽谷裡已萎的花朵無人知她曾經嬌豔，
為層層的皺紋與斑斑的白髮我何敢再對明鏡。

其實在風來雨去的時節我都在默默地期待，
期待那晚來的燕子曾多情地低呼你的小名，
還期待那月底月初冷澀的蒼白的月色，
在灰暗的壁上投射你愛畫的蒼老的竹影。

不用說我每天撥著長長的草叢走潮溼的泥路，
是為尋我們當年攜手散步的曲折的舊徑，
就是我寂寞地濫讀失眠到東方發白，
還不是為癡候你所愛的西方天際的星星。

因此，我也不敢再希望你有一天會重回舊地，
來體味那輕霧舊夢裡浮蕩著的各種傷心；

但何處的天際都有我們舊識的微雲，
請記取那裡寄存的我殷勤的祝福與溫柔的叮嚀。

一九六二，一二，九．香港。

夜的圓寂

一切生命的蛻化，
一切生命的蠕動，
在臥時，在坐時，在行時，
在分分秒秒變化中，
都是從生長而趨於死亡。

那太陽，那雨聲，
那熠熠的星光，
以及我們的愛情，
都在想念中，期望中，
升降，奔騰而處於絕滅。

你摸過，你吻過，
你諦聽過的，
你撫弄過的，
那平靜溫柔的夜晚，
此刻忽然暴躁，瘋狂。

像海的風暴，獸的怒吼，
嬰孩的高熱，它跳躍，
它震蕩，它像是：
一把火的燃燒，
在東方的微光中圓寂。

一九六二，一一，二二。

歲暮

彈丸小島人如鯽，
十里洋場燈如虹，
佳節又逢歲暮，
輕歌曼舞，
舊曲新唱，
美人已非昔日的脂粉。

憶家棄流水小橋，
嘆夢斷月冷五更，
哀情散寒夜秋雨，
愁人老夕陽黃昏。

此心悠悠如長江水，
空留歲月的鞭痕，
長記錦衣夜歌處，
久已無人訪問。

遍念舊日的舞伴，
一半深入侯門，
一半星散異地，
膝下都有兒女紛爭。

悔長年流浪，
無處是我家門，
夜來夢回前景，
滿目偏是家國恨。

南國無數佳夕，
到處有酒盈樽，
唯我心如枯井，

無意買醉，
獨倚小樓，
漫數海上明燈。

一九六二，一二，一四。香港。

歷史的奔騰

我曾在天涯海角奔波，
我還在高山大川流浪，
那甜酸苦澀的果子，
我大大小小的都已遍嘗。

我看過多少的奇花凋謝，
多少的綠葉萎黃，
還有如仙的美女老去，
無數如龍的英雄死亡。

那麼何必再叫我相信：
世上有不倒的山與不乾的海洋，

星月會永恆在太空運行，
太陽有無盡的熱與光。

我也從未信渺茫的天帝，
聖經與神話都是美麗的大謊，
因果報應不過是愚人的傳說，
人間已存在不公平的地獄天堂。

良善的人民在飢餓中慘斃，
奸佞的英雄自尊為帝皇，
安分守己的淪為奴隸，
狡猾強暴的長據著廟堂。

那麼說什麼紅綠的主義
是多麼燦爛與多麼輝煌，
什麼美麗的遠景閃耀著
人民的飽暖自由與健康。

我已無力隨你搖旗吶喊，
更無能編寫讚美的歌唱，
因為我不信宗教的安慰，
黑暗中難想像光明的希望。

靜看牆上帝皇教主的肖像，
在風吹日曬中漸漸霉黃。
時間竟是如此冷酷與無情，
歷史的奔騰是後浪推前浪。

一九六二，一二，二一。

買花歸來

正是你買花歸來，
幽香籠滿了衣袖，
問我為何遠去，
不願在此多留。

我說我有夢未醒，
要到鄉間尋舊，
清風常依修竹，
落英長伴溪流。

籬邊雞聲喔喔，
樹梢百鳥啾啾，

青山遙對小窗，
白雲千載悠悠。

自從身陷都市，
辜負了重陽中秋，
五年未曾登高，
三載無暇郊遊。

如今我鄉居歸來，
再無你幽香盈袖，
滿街只見紅綠塑膠，
點綴那都市繁華依舊。

一九六二，一二，二四，上午。

莫笑

親離荊籬殘菊，
情寄小院寒梅，
流落在寂寞異地，
枕衣上未乾懷鄉淚。

念江南歲暮，
有多少遊子遠歸，
誰家無童叟迎門，
滿巷是雞啼犬吠。

若待寒冬消逝，
有三春韶光明媚，

遠望是山青水綠，
近看有桃紅柳翠。

如今此景已在夢中老，
多少黑髮都灰，
荊籬小院早無人，
更何堪雨打風吹。

山青水綠已逝，
桃紅柳綠已萎，
人間本無不散的筵席，
歷史只是舊鬼加新鬼。

那麼請莫笑我無勇
在沙漠中尋芳買醉，
我只是心如枯井無波，
曾經滄海難為水。

一九六二，一二，三一，晨三時。

苦酒

人生本是大海的涓滴，
有緣的路人才能相會，
自從聰敏人發明了酒，
愚笨人個個都來買醉。

幾十年庸碌平凡的生活，
總隨著大浪小浪顛沛，
冷眼看盡人間滄桑，
心頭有無可傳的滋味。

滿目是英雄叱吒風雲，
盈耳是高僧自吹自擂，

東邊是駭人的標語口號，
西邊有騙人的遊行開會。

海外浮沉著落魄舊官，
新都泛濫著驕奢新貴，
天空中有要人飛來飛去，
報刊上有天才叫嘯是非。

雖說有泥有露的地上，
都有美麗嬌豔的花卉，
但大河小川的激流中，
竟難尋一滴乾淨水。

那盈箱滿筐的書籍，
曾經使你我的生命浪費，
誰會信剪三裁四的討論，
可分清骷髏與玫瑰？

老去的詩人壯志蓬蒿，
長年的流浪也無意賦歸，
閑來無事且禮佛誦經，
豆棚瓜架下也有可笑的狐鬼。

但不用說高低的路徑要小心，
就是長吁短嘆也該注意忌諱；
我們已經飲盡分內的苦酒，
也何須冒失地去喝那渾濁的殘杯。

一九六三，一，八。香港。

高臥

年輕時在斗室中貪讀無用的書籍，
一簞食一瓢飲未曾把我壯志消磨，
如今在陋巷裡諦聽喧鬧的汽車聲，
我就想到燈火輝煌處去買酒消愁。

你說我孤獨的生活怪僻的性情
在紛紜的人間變成厚顏的懶惰，
其實世上長短的路徑我都已走遍，
妄稱條條大路通羅馬總是過錯。

不用說在貧窮困難悠長的歲月中，
我有多少次用舊銅爛鐵去補破鍋，

但那胡同裡窗前門後整夜的牌聲，
我在疲倦的夜晚難道還沒有聽夠？

那麼說什麼大魚吃小魚小魚吃蛤蟆，
都是那無情無義的科學文明的慘禍；
那決了又修修了又決的可怕的災難，
還不是那三千年前就在為害的黃河？

在飢寒交迫中鐵打的人兒也要消瘦，
何況在戰亂的時代誰不是在晝夜奔波，
在庚辰乙酉年間有多少英雄下水，
從己丑到壬寅又有多少卒子過河？

這些綜錯離奇的故事我一一記得，
難道輾轉的周詳的傳說我會聽錯，
如今叱吒風雲的早非當年的英雄，
原野上高高低低都是新起的墳墓。

想過去那燦爛輝煌的年輕時代，
無人允許我去摸索陌生的燈火，
那麼請原諒我在這寂寞的年頭，
在萬歲萬歲的呼聲中擁枕高臥。

一九六三，一，一〇，晨。

靜待

我白日對藍天呼嘯，
夜裡對明月歌唱；
森林是我的故鄉，
草原是我的眠床。

自從我流落塵世，
竟日為生活奔忙，
因一次戀愛的失敗，
就注定我一生的荒唐。

於是我貪聽神話傳說，
認識了夏娃亞當，

有人嚇我可怕的地獄，
有人誘我美麗的天堂。

從此我想探求真理，
讀遍了古今文章，
我初信孔孟的教條，
後愛虛無的老莊。

如今我看盡英雄的失敗，
又看盡美人的死亡，
史稱恐龍曾經統治世界，
現在我靜待蚊蚋的猖狂。

一九六三，一，九。香港。

挨餓

約毀紅楓江畔，
情傷綠柳溪頭，
月沉接天衰草，
夢斷人散家破。

此心未能參禪，
都緣舊愛新愁，
志消技棄藝忘，
世事白雲蒼狗。

今夜月色重圓，
對酒無意高歌，

癡望白雲遠駛，
總念故人意厚。
人擠車水馬龍，
我獨倚枕高臥，
厭度賣文生涯，
願讀法華挨餓。

一九六三，一，一〇。

謎

星移動著，
從那點到這點，
從這點到那點。

光跳躍著，
從這個平面
到那個平面。

人往來著，
從春天到秋天，
從秋天到春天。

那生的生，死的死，
從無知到已知，
從已知到無知。

歷史從未解答過
愛的神祕，
靈魂的離奇。

而夢與時間裡，
宇宙進行著的
是層層的謎。

一九六三，三，一一。

傲慢

近聽哀怨的鸚鵡，
遠聽憂鬱的鷓鴣，
夜來是黯淡的月夜，
清晨是灰色的煙霧。

大海浮沉著冰山，
崇山高懸著瀑布，
宇宙蕩漾著如許的不平，
人間起伏的都是痛苦。

我駛過了大河小河，
我走遍了大路小路，

看過鮮花淪為腐泥，
幼苗長成了大樹。

我曾經對美人折腰，
也曾對英雄歡呼，
多少年的幻滅與失望，
始悟我本性的愚魯。

念人生是一場春夢，
何分強弱與貧富，
生時是母親的血，
死時是上蒼的土。

誰說我歷盡滄桑，
老來寄身江湖，
應信我有愛在胸，
靈魂傲慢如故。

一九六三，六，一四。

老

那紅的、綠的、
藍的、黃的、紫的，
一切繽紛的顏色，
在六十歲的眼中，
都是灰色的。

那響的、輕的、
洪大的、細小的、
粗獷的、尖銳的，
在七十歲的耳中，
都是低微的嘆息！

那跳躍的、奔騰的、
飛翔的、疾馳的、
蠕動的、旋轉的，
在八十歲的感覺中，
都是山一般的死寂。

那麼何怪那星、月、太陽，
對那紛紛的人世，
看英雄高僧，
才子佳人，
同蜉蝣與糞蛆無別。

一九六三，七，二八。

摸索

當虹霞起時，
我眼光掛在各種形狀中，
想著虹的變幻
與光的流落。
那嘆息所拾起的
飛花落葉，
斜依在明暗的光線上
都是沉默所啟示的寂寞。

是誰濃妝地立在樓頭，
對消逝的黃昏
憶燦爛的青春復活？

復活在空間的變遷裡
無人了解那時間的殘酷。

我想像所及的
那月的殘像風的殘聲，
愛的殘情與夢的殘骸，
環繞在時代與年齡中
波起雲覆，
一瞬間都化作黯淡的煙霧
在太空中巡迴漂泊。

炫耀在歷史的英雄豪傑，
有幾人惋惜生靈塗炭，
救人民於水深火熱？
還有多少詩人的淚，
變成了不朽的歌曲
抒寫著人間代代的憂鬱。

那麼帶引我吧，愛，
在無常的人間中，
究竟有什麼樣的歌
值得我諦聽；
什麼樣的道路
值得我摸索？

一九六三，夏。

薄霧

黯黯淡淡的月色，
映照著寂寞的小湖，
迴旋在綠色的樹梢
有朦朧悽迷的薄霧。

念過去故鄉的春日，
到處有歡歌狂舞，
盤旋在寧靜的天空，
有紙鳶落霞與孤鶩。

那裡樹上下唱著黃鶯，
山左右啼著鷓鴣，

溪前的桃花初謝，
村後又盛開了靡荼。

你說如今林中已佈滿了墳墓，
奔竄的是飢餓的田鼠，
黃昏時空中飛翔著蝙蝠，
烏鴉窺伺著垂死的野狐。

我說我現在正想歸來，
想重訪家鄉的舊故，
瘦山終是長懸天邊，
肥水也一定常洗野渡。

你說瘦山久失可愛的青翠，
肥水也無欸乃的夜櫓，
只有老來失伴的鴟鴞，
整夜對朦朧的殘月訴苦。

那麼我為尋我的舊夢，
也該來諦聽鴟鴞的低訴，
多少的美人前後死去，
風雲的英雄終久歸黃土。

你說我一生四海流浪，
何苦再關念故鄉的荒蕪，
因為我已經生不逢辰，
就該安心浪跡江湖。

一九六三，一一，一九。

海浮孤山

海浮孤山，
鷗繞漁帆，
離人至今未回。

戲院人散，
酒樓歌歇，
何處還有殘杯？

此身悄悄，
漫游東西，
如寒江流水。

顧家存「糧包」，
人亡「勞改」，
冷月空照秋闈。

燈昏月暗，
秋風悽切，
深夜唯我未睡。

念人間碌碌，
何處的生
不是死的準備？

雲昇霧起，
細雨淅瀝，
點點都是傷心淚。

看遊魂漂泊，
一切死也只是
生的輪迴。

終年遊行開會，
呵今叱古，
如此英雄何貴？

古木蕭蕭，
白骨燐火，
帝皇糞蛆同睡。

一九六三，一，一。

人老珠黃

在這黯淡的夜裡，
你為何如此濃妝，
滿臉紅脂白粉，
遍身珠寶輝煌。

你說你到處訪求，
專為尋找鳳凰，
因為你知死有日，
要他為你歌唱。

我說你身體壯碩，
而且滿面紅光，

不在人間行樂，
要說人生無常。

你說世事如夢，
塵世終究虛妄，
繁華過眼煙雲，
富貴難留健康。

我說我雖非鳳凰，
我願為你歌唱，
勸你捨棄珠寶，
洗淨紅粉白霜。

於是你悄悄退去，
癡對天際遠望，
你說你不怕夭折，
獨怕人老珠黃。

一九六三，一一，一八。香港。

默坐

心寄山外故鄉，
夢在枕邊彷徨，
身陷顛沛貧窮，
懶看窗外月光。

舊話對雨難訴，
新曲臨風堪唱，
偶見新人漫舞，
頓憶舊歡未償。

自從紫燕遠去，
多少世事滄桑，

白雲長懸天際，
孤帆到處流浪。

此情哀怨如昔，
不怪兩鬢變霜，
夜醒對窗默坐，
癡聽夜鳥毀謗。

一九六三，一一，二一。香港。

彼岸

——悼友

把生命看作——
花的萎謝，
葉的凋落，
露水的消逝，
那已是聖賢的常談。

把生當作夢，
死當作清醒，
不滅的靈魂
長存在天堂地獄，
這也是高僧的感嘆。

在這混沌的世上，
為愛好自由，
願寄人籬下
賣文鬻字，
所謀的只是粗衣淡飯。

而紛紜的人間，
囂張叫罵，
貪婪諂媚，
說不高呼萬歲，
就是與政權為難。

於是你說你走了，
雖沒有任何音訊，
我也知道你存在，
日出而作，日入而息，
在太平洋的對岸。

在肅穆的追悼會中，
大家說你已離開這塵世，
辜負了你的勤勉與才幹。
但誰能懷疑
你會活在另一個彼岸。

一九六三，一一，一七。

夢何在

秋已老，
迴旋在街頭的
是聖誕節的佳音。

但寂寞的牆角，
仍有白色的菊花
在等候冬令。

我仰臥在
空曠的沙灘上
癡望逝去的白雲。

問時間去處，
厚厚的歷史
何處去尋？

紅顏白髮，
舊日的樓頭
空懸閃亮的明鏡。

夢何在？
灰色的天空
失落了長尾的流星。

一九六三，一二，一〇。

天涯

市靜月沉天涯，
煙散車逝燈滅，
偌大灰色的天庭
僅有殘星數粒。

念老母倚閭遙望，
從未知遊子蹤跡，
濃瘴毒霧中
竟無從寄遞信息。

寄身古寺荒庵，
夜來常聞鬼泣，

牆上下有狼窺探，
窗前後都是蛇蠍。

愛遠山內雲外，
情散風霜雨雪，
舉目秋殘黃花，
對鏡清淚欲滴！

一九六三，一一，一九。

原始岑寂

煙散樓頭，
霧沉街尾，
月升殘更
半輪，四方清澈。

看山掩歸路，
海埋前程，
孤島靜夜，
十里萬戶啜泣。

道高百丈，
魔高千尺，

萬朵輕雲，
擁孤星明滅。

念舟車顛沛，
人散落葉，
壯志消沉，
對鏡清淚雨滴。

尋歡陌上，
買醉路角，
殘夢初醒，
已兩鬢如雪。

經史廢紙，
寶刀爛鐵，
黃沙白蟻，
吞去多少英傑。

氫彈震太空，
毒塵漫大地，
不測風雲，
人間恐怖難歇。

窗鎖細雨，
門閉秋情，
閑居癡坐，
細味原始岑寂。

一九六三，一二，二三。

純潔

我老去！
再無從想像
我生命泛濫著
青春時的嘆息。

也無法回憶，
我如何放過
如許春夏秋冬的
無情歲月。

僅記得，
兩三次夢裡

我葬過一朵落花，
拾起一瓣落葉。

只為一個渺茫的愛，
我捨棄了
富貴與智慧，
榮耀與安逸。

在混沌塵俗裡，
哪一個無依的
平凡的肉體
沒有沾染罪孽？

那麼還有誰肯相信
在如霜的兩鬢內，
我有靈魂
同嬰孩一般純潔。

一九六四，一，九，晨四時。

人類的降生

有唱著來的，
有喊著來的，
有哼著來的，
它們趕著來看
一種會笑的動物。

有爬著來的，
有游著來的，
有飛著來的，
它們蜂擁著來看
一種會說話的動物。

它們說，這美妙的地球
從此將更顯燦爛；
它們會提攜這有趣的
伴侶，與它們分享
這造物所賞的幸福。

它們歡嚷著，
它們跳躍著，
它們圍著擁著
這直立的會說會笑
有趣的可愛的動物。

但這個動物竟是人類！
不斷地笑，就為掩蓋
那滿嘴利齒的殘酷，
不斷地說，就為謊瞞
他們心底的狠毒。

於是他們直立著，
讓兩手幹各種罪惡，
用騙，用哄，用欺詐，
把喊著，唱著，哼著的，
一一吃掉，把爬來的
游來的飛來的變成奴僕。

於是他們狂笑著，
露著鮮紅的舌頭，
滿口仁義道德，
講文化文明，計劃更毒的
陰謀，彼此殘殺爭奪。

一九六九，一二，四。

荒涼的野地

我到荒涼的野地，
尋寧靜的夜晚，
看星光在林中閃爍，
月色在草上泛濫。

此地已是遙遠的天地，
沒有舊識的天籟，
獼猿在林中哀啼，
蛇蠍在草上戰顫。

故園雖早已荒蕪，
但未少人間的布衣淡飯，

無人知道我為何來此，
是求仙訪道還是避難。

黃昏時的「歸來」呼聲，
在泥房茅屋間喚喊；
浩渺天地間，
竟無人憐我長夜悲嘆。

一九六五，四，一九。印度Pachmarhi。

僻野窮鄉

唐僧到西國取經，
遇見過多少魑魅魍魎，
還有無數誘惑與試探，
未曾改變他真正的信仰。

如今我為黯淡的夢幻，
誤入了僻野與窮鄉，
看松鼠在落葉間嬉戲，
蝙蝠在林中飛揚。

為多年前一念之差，
鑄成了今夜的悽涼，

念無窮的歲月蹉跎，
堆積成年來的惆悵。

此地已無我舊知的飛禽，
有我慣聽的歌聲嘹亮；
唯遙遠的黯淡陌生的山峰，
嵌著我似曾相識的月亮。

一九六五，四，一九。印度Pachmarhi。

斗室如囚

促居斗室如囚，
終日繞床閑步，
癡念家鄉舊友，
暗計來信去書。

四周鴉啼雀噪，
炎日如火如荼，
對景哀怨如縷，
愁聚心頭成苦。

窗外老樹奇岸，
寄居千百松鼠，

整天穿簷覓食，
擾我晝夢無數。

夜來星月清照，
到處蟲吟獸訴，
孤燈悽伴人影，
對鏡細覓白鬚。

一九六五，五。印度Pachmarhi。

虛無

我已老，竟無從記起
在哪一個青春時代，
我不夠珍惜愛情；
說生命起於誤會，
地球發生於唐突，
社會是行劫行乞
與行騙，人間是逆旅。

生沒有經我允諾，
存沒有給我選擇，
文化與傳統的交代
未經我取捨與同意。

我只是被安置在一個型，
　一個框，一個圖案的中間。

我來自偶然，成長於偶然；
看時間飛逝，如白雲流水；
從渺茫到渺茫，
從無常到無常；
從愛到愛，夢到夢。
我本是塵土，歸於塵土，
我本是虛無，歸於虛無。

一九六五，六，二四。

今夕

星光熠熠，
無邊的海
在夜霧中，
是浪的嘆息。

各種的船去，
各種的船來，
旅人在天涯，
難計來蹤去跡。

我長居斗室，
像一隻蠹蟲，

永不見天日，
啃著十三經的書頁。

漏下來是怠倦的時間，
像樹下悽涼的雨滴。
我追尋七彩的過去，
霞的夢，虹的回憶。

怪夢乍醒，
望遙遠燈塔，
那已是深更，
萬籟俱寂。

可有夜行人，
敲著煙管，
問我失眠客
今夕何夕？

一九六五，八，一六。

你的夢

寄在遙遠的過去，
寄在渺茫的未來，
——在漆黑的夜裡生長，
你的夢如今該已經成熟，
像樹上的果子
在秋天無葉的枝上
搖搖欲墜，
搖搖欲墜，
無聲地落在
潮溼的泥土上，
化為氣，
化為煙，
化為泥，

化為我期待中的
芬芳纏綿與綺膩。

而我在——
在天與地間，
在神與獸間，
在肉與靈間，
在愛與恨間，
在寂寞與熱鬧間，
在如許的矛盾間，
我在浮動，漂流，升降，
在嘆息，在哭泣，在呻吟。

那灰色的煙縕，
乳白色的笑，
透明的啜泣，
人間充滿了喜怒的嗚咽；
人間是燦爛，

人間是暗淡；
人間是地球在太空中
蒸發的一層煙藴。

而我在——
在你熟透了的夢中
浮動，飄蕩，升降；
化在灰色的煙藴中
嘆息，哭泣與呻吟。

一九六七，一，二。

久坐

久坐，久坐在渡頭，
看遠遠的白帆駛近。
南國的歌在青山邊
迴蕩浮沉，
翻越著海，
翻越著山嶺。

人生只有一次離別，
一次青春。
瑰麗的夢，
奇跡與巧遇，
友誼與愛情，
點點螢光，點點鬼火，

原野裡並沒有
燦爛的星。

於是你嘆息，
把想像當作彩筆，
在回憶中追尋
熟稔的歌唱，
喚一隻鳥名，
喚一個蟲名，
踏著一條條
曲折的途徑，
你摸索，摸索
那久已閉鎖的門，
你敲，你再敲，
但無人給你回應。

久坐，久坐在深院中。
江南的春天，我懷念

竹林下，又是月色，
又是笑容，
又是碎雜的步聲，
都是青春，
七彩的青春。

一九六七，一〇，二七。

等待

你還需等待，等待，
等黃昏出現第一顆星星，
在天際懸起人間的願望。
那時，你會看到塵世的哀怨，
冉冉地溶入灰色的穹蒼。

讓夜來，夜帶來
露水，帶來潮溼的霧——
霧是朦朧的，這裡不會變霜。
夜，漆黑的，漆黑融化了
各種色澤：紅藍，青紫或灰黃。

一時，那染脂的楓葉，
披彩紗的雛菊、海棠，
以及穿紫衣的牽牛，
在悽迷的風聲中，嘆息
時間是暗淡的無常。

等我來，讓我代你等待，
等灰色的雲層層層的推開，
雨點點點的下降，當夜鳥唱出
第一聲晨歌，我會叫醒你，
來看林間透露的第一線白光。

一九六七，一〇，二七。

滿天星斗

像輕輕風，像細細雨，
你來，從山腳到山頂，
望著滿天星斗。
星斗滿天，數第一顆，
數第二顆，數第三顆。
你說，這些你也曾前去看過。

人到了月球，人到了星球。
遠遠的星斗裡都住著人，
住著愛人，住著仇人；
他們也打電報寫信，
告訴你，說這一份愛情，
同天地一樣長久，一樣長久。

你來，像絲絲風，像點點雨。
你來自第一號星球，
第二號星球，第三號星球。
你踏著人造衛星，周遊了
三個星球，說你已經周遊三個星球，
說你已經周遊了宇宙。
宇宙比寂寞的人間還寂寞，
因為哪一顆星球都不如我們地球。

從山頭到山腳，你望著滿天星斗，
說在滿天星斗裡，
人播種了愛，播種了仇恨，
像絲絲風，像點點雨，
傳播著口號與教條，
誇說宇宙的中心是地球，
人類不久就要統治宇宙。

一九六七，一〇，二八。

觀望中的迷失

簾外，林外，山外，雲外。
落霞，歸鳥與行人，
淡淡的月痕前
觀望著，神奇的宇宙，
神奇的人世，那去了的時間
去了的青春與去了的記憶。

潺潺的流泉，在溪中，
它流著，說著，唱著，
而我們該說的沒有說，
該唱的沒有唱，
一聲嘆息，一聲笑。
呆呆地站著，坐著，躺著，
皺紋在面上，白髮起鬢角。

一瓣落葉有一個故事，
一陣風負著一段歷史，
我們只是一個空白，只是
一個沒有記錄的空白。
在灰色布景前，呆木地
站著，坐著，躺著，
鼓一陣掌，揚一回旗。

人間，在記憶中。你撒一段謊，
我說一陣教，他談一回道；
墳墓外布置一個天堂，
肉體外安排一個靈魂，
揮揮手，大家互道珍重，
排著隊，帝皇乞丐，順序地
爬進墳墓，摸索著自己的
病痛與創傷，留下一片朦朧。

一九六七，一〇，二八。

擁擠著的群像

破了的酒瓶，鏽了的洋釘，
敝舊的塑膠玩具，霉爛的
拖鞋、紙煙殼、洋火盒、
橘子皮、破布與爛鐵罐，
在腥臭的海灘上，被風吹打著
像一群疲倦了的賭徒，
一局已終，大家計算了勝負；
也像一群專家與外交家，
開會討論如何消滅原子武器。

麻木的清晨，溫柔的黃昏，
冷落的夜，大家擠著擠著

痛苦地擠著，呼著口號，
揚著小旗，沒有人想到
這黑暗還該有多少世紀。

門閉關著，重重的閉關著，
誰說過人生本是賭博，
愛情是一注，事業是一注，
信仰是一注。大家擠著擠著，
抬頭觀望看不見的神祇。

街擴大了，樓增高了，
人間是一層加一層的建築，
東一堆垃圾，西一堆垃圾。
青年人像尚未開彩的彩票，
未來掛著無限的希冀，
老年人如已棄的舊報紙，
一些謊言與一段偽造的歷史。

天是灰的，山是青的，海是藍的，
潮沖洗著海灘，同海灘上的
破了的酒瓶，鏽了的洋釘，
敝舊的塑膠玩具，霉爛的
拖鞋、紙煙殼、洋火盒、
橘子皮、破布與舊鐵罐，
像是獨裁者所需要的群眾，
整日整夜，沙沙地，沙沙地在叫
「偉大的舵手，我愛你，我愛你。」

一九六七，一〇，二九。

變幻中的蛻變

像白雲吸收太陽的光線，
像泥土吸收水分，像昆蟲
在環境中變色保護自己，
我在被宰割、製造、不停地蛻變。
我不該再想，再想那悽苦的歲月
在創作中流過的淚與汗，
夢中摸到的空虛與孤寂。
還有那整天追求的幻想，
與那翠綠的黃昏所記錄的
世紀末的哀怨絕望與惆悵。

忘去吧，忘去那——
錯誤的步伐，錯誤的嘆息，
愛情所消耗的生命，

伴著憂鬱而來的夢境。
美是殘缺——蛇的毒，花的刺，
雲起雲落，山巖的崩裂，
嚴寒與炎熱，星球的隕滅。
矗天的樹林迎接那風的搖撼，
我們迎接那變幻，平等地老，
齊一地死，透露著多餘的歡笑與長嘆。
靠地心的吸力，倒側的地球
叫我們聚居在一小簇石叢中，
忘記了太空，忘記了無垠無涯的
空間中的旋轉著的星球
與旋轉著的雲氛、大氣與光。
我們就再也無從知道是我們的蛻變
還是環境的變幻，因為我們最後只是
一絲一絲的氣流被時間吸收，
被空間吸收，成了宇宙的營養，
而宇宙因此一天一天地成長、壯大。

一九六七，一〇，二九。

古典的夢想

只偶然的輕佻投入音樂，
在戰慄的節奏中
像蚊蚋投入蜘蛛網，我投入了
淺藍色的羅網。

我呼吸急促參差，
面色如鉛，唇如銀，
長髮如水草的暗綠，
步過橋頭，看水底
三角形的月亮，這就是進化，
我們已經到太空時代的邊緣。

使我心跳，臉熱，那屬於夜，
屬於春天，屬於海棠開花的

小園中，我忘記我們年齡所記錄的
圓潤的笑，圓潤的慰藉。
鼓足勇氣，否定一切傳統與傳統的
教條外衣，我尋求與被尋求的
詩與哲理，靈魂與頭腦的摩擦
所產生的藍煙與火星。
在泰山，在峨嵋，在華山，
我看過多少人採藥尋夢，
步進廟宇，向無法了解的神祇皈依。
我也皈依，皈依那星的力，青春的光。
盤旋在電視與電影的流行的節拍，
流行的題材，你所歌頌的，我要揚棄。
我要把無從改變的血液與芬芳的溪泉
交流，讓我的生命昇華為崇山峻嶺，
血管不過是水流的小徑。
一切所感所思，正是反映
投來的星月，轉瞬消逝，無蹤無影。

我僵伏在大地，同煤鐵與鑽石一起，
等氫氣彈或者是偉大的音樂
把我掀起，我重新經歷一次生，
一次存在，一次痛苦，一次愛情。
那時我們當已是跨過了太空時代
在公平與安定的生活中和平共存。
那麼我要祈禱，祈禱那所有已亡的
都起死回生，讓懷疑的從頭發問。

一九六七，一〇，二九。

風浪

瘋狂的風聲、雨聲，
黑色的浪，白色的浪，
遠處奔騰，近處呼嘯，
那萬噸的鋼鐵，
像酗酒毒化了的老年，
大麻陶醉了的瘋狂的少年，
他們在大氣的節奏中舞躍。

水，成灘的水，成塊的水
像獸的長舌，魔的長鞭，
鞭擊著鐵欄、甲板、
圓的玻璃窗、歪斜的門框、
拋擲著雲塊、雨條，

吐納無數無數的光線。
雷聲電閃，不規則的扭折
大自然的變幻，
絞成一簇一簇的火焰。

那是美——
是神祕，是壯烈，是奇偉；
這時候，我們已無能為力，
我們只能祈禱，歌唱與等待。
我們需要信仰需要力量，
在歷史中忍耐堅持，
不讓歷史叫我們死亡。

我們踏著浮動的地殼，
計算著時間在空間消失；
黑暗籠罩著視線，
恐懼威脅著勇氣，
引誘我們解釋那渺茫的

死亡、涅槃及消滅。
當肉體麻痺靈魂清醒，
我們步入了另一個生命，
一種流質的生命，
滙流在一起等待命運。

一九六七，一〇，三〇。

什麼事情

當我坐在無聲無光的斗室中，
什麼事情都不能做，
什麼事情都不能想；
我竟想問招寶山的小寺裡，
可是需要一個敲鐘手呀？

做一個敲鐘的人，守著夜，
守著時刻，我醒在那裡，
我守在那裡；那鐘聲——
由遠而近，由近而遠，
我聽著，我聽著，
我就什麼事情都不必做，
什麼事情都不必想了。

當我躺在漆黑空虛的海灘上，
什麼事情都不想做，
什麼事情都不想想；
我竟要知道那遙遠的燈塔，
可需要一個守塔的人呀？

做一個守塔的人，守著塔，
守著燈，我醒在那裡，
我守在那裡；那燈光——
由遠而近，由近而遠，
我看著，我看著，
我就什麼事情都不必做，
什麼事情都不必想了。

逢弔喪的場合，
我走進悽涼的殯儀館，
覺死者如斯，

人生本是春夢，
真是什麼事情都無需做，
什麼事情都無需想呀！

哪一天有空，
請你去看看墳場。
大的墳墓，小的墳墓，
遠久的墳墓，新近的墳墓。
鬼魂有麼？——
人人都會有一天，
什麼事情都不能做，
什麼事情都不能想！

一九六七，一一，七，夜。

畫家的誕生

——題綠雲畫展

一個畫家的誕生，
正如一顆星辰的出現，
它積聚多年的熱與光，
要在宇宙的動蕩中，
吐露它滿心的蘊藏。

一個畫家的誕生，
正如一朵花的長成，
它接受雨露與陽光，
在泥土的培養中，
表現它生命的醞釀。

一個畫家的運用
色澤與線條，抒寫他
靈魂的歡樂與悲傷，
正如風雨雷電，
啟示大自然的激蕩。

但當社會在苦難中發展，
人間忍受著——
生老病死的滄桑，
偉大的畫家應是時代的脈搏，
他寫的是人類的信仰與希望。

一九六八，八，一。

題元道畫會畫展

忙碌的世界，
熙攘的人群，
在名利的追逐中，
總有人在癡傻地，
追求善，追求美。

他們像幽谷裡的花草，
各吐胸中的芬芳，
也像天空的星星，
各閃耀自己的光輝。

他們往往形成沙漠中
綠洲，原野裡樹林，

使歷史在辛勞重負中，
有調劑，鼓勵與安慰。

現在這裡的十二個朋友，
也正是在自己的園地中，
用自己的線條與色澤，
抒寫胸懷中的感念，
夢與心靈的智慧。

那麼，請你不要問：
他們是用的什麼筆，
什麼紙與什麼墨，
也不要計較他們畫的
是翎毛花木還是山水。

他們想奉獻你們的，
是紊亂中的秩序，

矛盾中的諧和，苦惱中的
笑與歡樂中的淚。

因為他們所追求的，
是黑暗世界的一絲光明，
仇恨社會裡的一份愛
與醜惡時代中的一點美。

一九六七，一〇，二五。

他們的家

我第一次到他們的家，
男的在寫詩，女的在繪畫，
唱機奏著莫扎特的夜曲，
茶几上正香著龍井茶。

第二次我到他們的家，
沙發上是孩子的矢溺，
做父親的在打掃，
做母親的在咒罵。

第三次我到他們的家，
女兒正練著「喳，喳，喳」，

大小兒子在演西部片，
長槍短棒在打耍。

第四次我到他們的家，
男的自稱兒女的牛馬，
女的嘆青春在柴米中消逝，
如花的美貌已衰老。

我第五次到他們的家，
正逢夫妻在吵架，
男的說太太是討債鬼，
女的稱丈夫是冤家。

我第六次到他們的家，
女傭敬了我一杯茶，
說先生外面有相好，
太太負氣不回家。

一九六九，一，六。

痛苦的記憶

當愛情消逝，春景老去，
始信人生並沒有幾何，
無垠的太空，人進人出，
明亮的月球不過是一片空漠。

多少詩人欺騙過自己，
說廣寒宮裡活著嫦娥，
瓊樓玉宇中有玉桂，
清香彌漫著星斗。

但是，你且不要懷疑，
那宇宙，它曾經神祕地

貢獻主宰，而現存
人間的是廟宇裡的神像。

熱鬧的人世，前浪後浪裡
永有科學與詩歌的想像，
歷史的演進不會停頓
在標語口號中的僵硬的信仰。

且莫說光明與黑暗的
循環，生與死的周旋，
那腐朽的日子是痛苦的記憶，
人類竟在互相殘殺中生長。

一九六九，一，六。

你的家

走進那灰黯的房間，
你說白色的牆壁才是你的家，
上面掛著雲林的山林，
與八大山人的芭蕉。

蜘蛛在牆端結網，
螞蟻在地上搬糧，
蟑螂在櫥隙奔忙，
老鼠在壁角叫囂。

我說那些都是別人的家園，
因為你缺少孩子的歡笑

與乎嬌聲的女人的嘮叨，
以及廚房裡煙油與辣椒。

於是你立志要掃除蛛網鼠窠，
建立自己的美麗的家庭，
牆上要掛起「百子圖」的年畫，
還有是唐寅的「八美微笑」。

一九六九，一，七。

她的家

門前是車水與馬龍，
房內有男女的呼吆，
廊下有鸚鵡報酒茶，
園中有送迎的犬叫。

春雨秋花的窗前，
寄存著青春的愛嬌，
五彩錦繡的衾被，
老去虛偽的歡笑。

人間沒有不散的筵席，
有酒的且暫醉今朝，

莫問億萬里外的太空，
也存著寂寞的良宵。

忙於麻將與紙牌，
有如畫的燈光照耀，
渴時有威士忌與白蘭地，
餓時請用春卷與水餃。

一九六九，一，七。

天堂何處

百年已老，人生幾何？
有酒當醉，難得糊塗。
那層層的樓梯，
上來下去，
下去上來，
有多少人歡樂，
有多少人痛苦。

大好的江山，
補了又裂，裂了又補。
千萬的蒼生，
一半貧窮，
一半病苦。

人間是地獄，
血汗中是悽泣哀呼。
天堂何處？

欺騙、搶劫、霸占，
從人群中上爬，
搾奴隸血汗，
控制千萬喉舌，
萬歲萬歲地，
在廣播中歡呼。

一九六九，一，七。香港。

難忘的夢境

在落葉遍地的河畔，
我尋求難忘的夢境，
四周竟無舊識的花草，
枯枝上也沒有鴉噪雀鳴。

若說風雨的窗前，
空掛著寂寞的明鏡，
夕陽殘照的廊下，
也已無躑躅的人影。

念樓頭綺膩的纏綿，
曾訂有不老的愛情，

雖經過了秋雨冬雪，
前程中終該有春景。

難道久住庸俗的人間，
聽慣了電話與門鈴，
再無能力來辨認，
清風明月下的詩訊。

若說地球已在人慾中霉爛，
我們再難有舊夢裡的清靜，
那麼我莫非該隨太空的英雄，
向無情的月球獻殷勤。

一九六九，二，一二。

殷殷舊情

雲連萬山，
星接千水，
極目處，
故國烽煙，
江山動蕩，
遍地淚血。

連年漂泊，
人瘦黃花，
心碎落葉，
往事如夢，
舊情如灰，
傷心有話難說。

念家聚短籬，
爐暖茅舍，
妻笑子嗔，
犬吠雞啼，
殷殷舊情，
竟未能忘卻。

酒醒午夜，
花對殘更，
書斷千里，
人杳塞北，
人生百年一夢，
此心耿耿如雪。

一九六九，一，一一。香港。

昨宵夢裡

人困小島異域，
情傷碧海明月。
念秋滿江南，
紅消綠散，
正風霜悽切。
夜靜萬籟，
清淚點滴。
煙起雲揚，
萬里關山，
家書久絕。
念糧盡年荒，
人散勞改，

故鄉田野間，
多少鬼火明滅。

草倦黃昏，
花醒殘更，
英雄老去，
壯志蓬蒿。
百年世間是客，
應惜昨宵夢裡，
猶存歡笑如昔。

一九六七，二，一三，晨。香港。

街燈

請你關上那窗，
請你關上那門。
我們能做的是：
一次默想，
一次祈禱，
在這寂寞的黃昏，
在這寂寞的黃昏！

花已經開過，
星已經亮過。
在我們中間，
幾回閃耀，

幾回戰慄，
這黯淡的人生，
這黯淡的人生！

看城市興起，
看城市衰微。
那老的消逝，
新的生長，
宇宙是如此進行，
不需要一聲慰問，
不需要一聲慰問。

且莫回顧過去，
未來總在生長。
愛情是短暫的，
不必再訂會期，
讓我們吻別，

對這蕭瑟的街燈，
對這蕭瑟的街燈。

一九六九，二，一三，上午。

煙雲

遠處白浪滔天，
近處怪石嶙峋，
遙望煙雲，
人待故國音訊。

衛星太空，
烽火地球，
大好人間，
竟未能互愛互信。

水流塞北，
夢回江南，

英雄風雲，
浪淘盡多少生靈。
看山起大地，
星沉汪洋，
海天永恆如此，
問千古風流誰評？

一九六九，二，三〇。香港。

獨立海邊

獨立海邊，
看雲飛風揚，
機群艦隊，
往返多少風雲人物。

燈閃重洋，
月耀萬山，
大地龍蛇，
萬千生靈成枯骨。

地繪萬里，
史寫千年，

無數英豪消沉，
一如灘岸頑石。

海沉明星，
潮浮奇巖，
問蒼天何價？
萬古未變聲色！

一九六九，二，二〇，夜。香港。

黃昏

你統轄藍天，
他占領白雲，
我且依一片紅霞。

融融落日中，
我想搶一顆舍利子，
恬然入夢。

大好宇宙，
願無依的死者
隨裊裊炊煙上升。

那是靈魂——
失去肉體的靈魂，
獨占有那七彩的黃昏。

一九六九，三，三〇。

舞窟

挺直著腰，昂著頭，
在文明的社會裡，
背著道德與知識的包袱，
喘息於莊嚴的階梯，
疲倦了。

我們學蛇，學蚯蚓，
學蜥蜴，
在陰暗的光線下
擁擠的狹谷中
搖我們的頭尾
我們歡笑。

在電閃，雷震，
森林震蕩的旋律中
蹦跳，為祖先遺留的
習性，尋求穴居的自由。

我們要求性的解放
肉體的裸露，
躲避機器規定的節拍，
電腦所控制的軌跡。

我們要學虎吼，
猿啼與昆蟲的低吟，
因為人類的語言形成
了多少是非與災禍。

彎著腰，蠕動著腿，
我們要發洩，發洩

在文明社會中壓抑的性感，
發洩在原始的氣氛裡。

一九六九，四。

太空行

時間的時間，
空間的空間，
人逃出了幾十萬年的樊籠，
在星雲中咬自己糧食，
呼吸自己帶去的氧氣。

看幾千年來
宗教與詩所創造的
神話消逝，
傳說消逝；
人重新對自己欺騙，
重新建立美的體系，

讓科學塗改宗教
所賦予的人的意義。

引誘我們的是宇宙
無止境的神祕，
進化的終極，
生死的謎。
人類呼籲著迷失的愛，
寂寞中，神的暗笑
讓人面對更大的問題。

旋轉的星球，
旋轉的太空火箭，
旋轉的太空船，
以及旋轉的美
在生活中
自己建立自己的神奇。

一九六九，七，二五。

《原野的呼聲》後記*

這裡編集的是我第八本詩集。我在《時間的去處》出版後，曾經把一些諷刺詩編在《街邊文學》中，所剩的到一九六九年的詩作都收在這裡了。這些詩作，不用說，同我別的作品一樣，都反映我生命在這些年來的感受，而詩作似乎更直接流露了我脆弱的心靈，在艱難的人生中的嘆息呻吟與呼喚。其中自然也記錄著我在掙扎中理智與感情的衝突，得與失的遞迭，希望與失望的變幻，以及追求與幻滅的交替。我相信每一個生命都有它愛的執著與對於自由的嚮往，如果我所抒寫的能喚起這個時代中一些朋友的共鳴，那麼也就不失我出版這本書的意義了。

一九七七，七，二九。日本東京。

*【編按】本篇為當年作者徐訏出版時所作。

徐訏文集・新詩卷8　PG2718

原野的呼聲

作　　者	徐　訏
責任編輯	陳彥儒
圖文排版	陳彥妏
封面設計	王嵩賀
出版策劃	釀出版
製作發行	秀威資訊科技股份有限公司 114 台北市內湖區瑞光路76巷65號1樓 電話：+886-2-2796-3638　傳真：+886-2-2796-1377 服務信箱：service@showwe.com.tw http://www.showwe.com.tw
郵政劃撥	19563868　戶名：秀威資訊科技股份有限公司
展售門市	國家書店【松江門市】 104 台北市中山區松江路209號1樓 電話：+886-2-2518-0207　傳真：+886-2-2518-0778
網路訂購	秀威網路書店：https://store.showwe.tw 國家網路書店：https://www.govbooks.com.tw
法律顧問	毛國樑　律師
總 經 銷	聯合發行股份有限公司 231新北市新店區寶橋路235巷6弄6號4F 電話：+886-2-2917-8022　傳真：+886-2-2915-6275
出版日期	2022年2月　BOD一版
定　　價	300元

讀者回函卡

Printed in Taiwan

國家圖書館出版品預行編目

原野的呼聲/徐訏作. -- 一版. -- 臺北市 : 釀出版,
2022.02
面；　公分. -- (徐訏文集. 新詩卷 ; 8)
BOD版
ISBN 978-986-445-597-3(平裝)

851.487　　110020862